EL BARCO DE VAPOR

¡Tú me prometiste!

Gabriela Keselman

Ilustraciones de Teresa Novoa

sm

elbarcodevapor.com

Dirección editorial: Elsa Aguiar
Coordinación editorial: Paloma Jover
Diseño de la colección: Estudio SM
Cubierta e ilustraciones: Teresa Novoa

Impresores, 15 - Urbanización Prado del Espino
28660 Boadilla del Monte (Madrid)
www.grupo-sm.com

ATENCIÓN AL CLIENTE
Tel.: 902 12 13 23
Fax: 902 24 12 22
e-mail: clientes@grupo-sm.com

ISBN: 978-84-675-2143-6
Depósito legal: M-38303-2007
Impreso en España / *Printed in Spain*
Orymu, SA - Ruiz de Alda, 1 - Pinto (Madrid)

Mi eterno agradecimiento
a Marcelo Elizalde, que me lee, me corrige,
me critica y me aplaude.

Mostacholes se levantó de la siesta.
Y llamó a las cosas por su nombre.
A su periquito lo llamó Periquito.
A su amigo lo llamó Amigo.
Pero a su mamá la llamó…
¡Mamitumeprometiste!

–¡¡¡Mami, tú me prometiste!!!
Me prometiste que me llevarías
al Parque de los Ratones.
Y que iba a subir
al Queso del Terror.
Y que me iba a divertir
muchos minutos…
–protestó el gato Mostacholes.

Para protestar mejor,
Mostacholes se tapó las orejas,
bien tapadas.
Eso es lo que hacen todos los gatitos
para no escuchar explicaciones.

Y después le dio una rabieta bigotuda. Que es la peor de todas las rabietas.

–Si una mamá hace una promesa, tiene que cumplirla –refunfuñó–. ¡Me voy! ¡Me voy a buscar otra mamá mejor!

Se puso el chubasquero.
Pero con las prisas se lo puso al revés.
Saltó por la ventana
y caminó sin rumbo.
Dio algunas vueltas enfadadas.
La verdad, Mostacholes no veía
más allá de la capucha.
Así que se dio de narices
contra una casa.
En la entrada había
un cartel de papel.
La lluvia había borrado
un poco las letras.
Sin embargo, aún podía leerse:

LIZ CUMPLE

No había sido tan difícil
encontrar otra mamá…
Liz era un bonito nombre.
Y en el cartel decía que Liz cumplía.
¡Era una mamá perfecta!
Llamó al timbre.
Y dio golpecitos por si acaso.

Una gata que llevaba una careta de gata abrió y le tiró confeti.

FELIZ CUMPLE

Dentro había un grupo de gatitos
cantando alrededor
de un cuenco de leche.
En la leche flotaban
unas velitas encendidas.

–Pasa, minino –invitó la gata–.
Te prometo que te divertirás
muchos minutos.

Mostacholes se manchó de chocolate.
Y de todo lo que pilló.
Saltó sobre el sofá.
Y al sofá le cambió el color.
Dio volteretas en la alfombra.
Y se quedó con algunos flecos
de recuerdo.

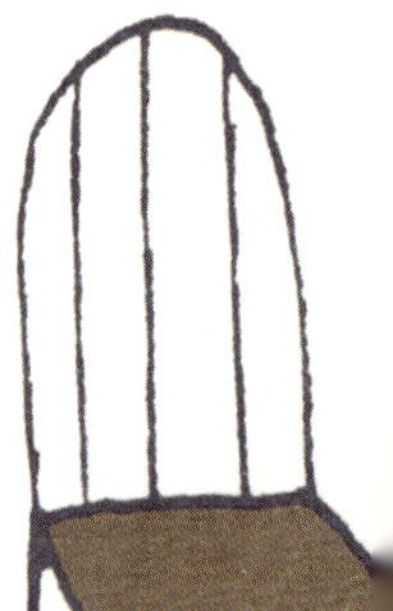

Pero cuando llegó la hora de jugar al Gano Yo-Yo, empezaron los problemas. Mostacholes quiso ganar todos los partidos, como siempre.

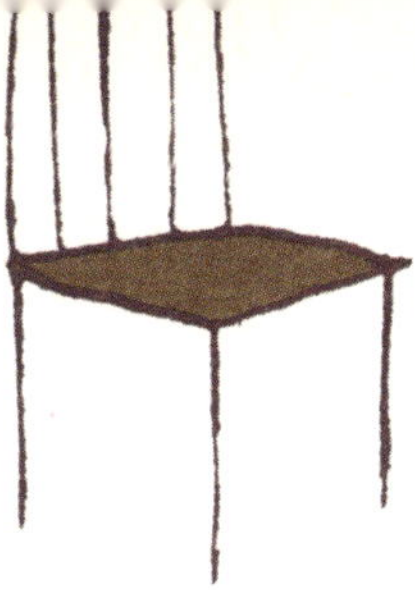

Pero la nueva mamá no le dejó hacer ni una pequeña trampita.

–¡¡¡Mami!!! ¡¡¡Así no vale!!!
–protestó Mostacholes.
Mamiasínovale cumplió su promesa.
Dijo que se iba a divertir muchos minutos
y así había sido.
Pero, en cambio, no le dejaba ganar.

Para protestar mejor,
Mostacholes cerró los puños,
bien cerrados.
Eso es lo que hacen todos los gatitos
para no entrar en razón.
Y después le dio una pataleta peluda.
Que es la peor de las pataletas.

–Una mamá no puede dejar que su hijo pierda TODAS las veces –rezongó Mostacholes–. ¡Me voy! ¡Me voy a buscar otra mamá mejor!

Así que se zampó el último pastel
que quedaba.
Con servilleta de papel y todo.
Se escurrió por un agujero
y caminó sin rumbo.

Dio algunas vueltas furiosas.
Hasta que de pronto se pegó un tortazo contra un escaparate.
Iba a quejarse, pero un cartel le hizo cambiar de opinión.

JUGUETES

EL TIEMPO NO PIERDAS MÁS. ENTRA, COMPRA Y GANARÁS.

Mostacholes había faltado
al cole algunas veces.
Y además, tenía nata
pegada en las pestañas.
Así que leyó:

JU GATOS

NO PIERDAS MÁS.
ENTRA Y GANARÁS.

Como la puerta de la tienda
estaba abierta, espió.

–Entra, chiquito
–dijo una gata con cara de mamá–.
No pierdes nada…

Mostacholes se pellizcó la cola
para ver si estaba dormido.
Pero le dolió.
¡Esta sí que era la mamá perfecta!

Mostacholes vio juguetes
en las estanterías.
En el suelo.
Y hasta en la cabeza de la señora gata.

Jugó solo.
Así que primero ganó él.
Luego ganó él.
Y, por fin, ganó él.

Pero llegó el momento
de cerrar la juguetería.
Y ahí empezaron los problemas.
Mostacholes dejó todo tirado,
como siempre.

Pero la nueva mamá se puso seria.
Y le ordenó recoger
todo lo que había desparramado.

–¡¡¡Mami!!! ¡¡¡Tú no mandas en mí!!!
–protestó Mostacholes.

Mamitunomandasenmí
le había dejado ganar
todas las veces.
Pero ahora le ordenaba arreglar
ese lío espantoso.

Para protestar mejor,
Mostacholes juntó los ojos,
bien juntados.
Eso es lo que hacen todos los gatitos
para no obedecer.

Y después le dio un berrinche dientudo. Que es el peor de los berrinches.

–Una mamá tan mandona no me gusta –se quejó Mostacholes–. ¡Me voy! ¡Me voy a buscar otra mamá mejor!

Pateó un tractor y lo encestó
en la boca de un dragón.
Se escapó por el tejado
y caminó sin rumbo.

Dio algunas vueltas ofuscadas.
Y como estaba medio bizco, no vio nada.
Por eso tropezó con un puesto
de frutas y verduras.
Del golpe, las manzanas
rodaron por el suelo.
Mostacholes tuvo miedo
de que le ordenasen recogerlas.

Pero de pronto separó los ojos. Y vio un cartel que ponía:

HOY NO HAY MANDARINAS

–«Mandarina» es una mamá que mandonea. ¡Y el cartel dice que aquí NO hay mandarinas!

–Quédate, bonito
–dijo una gata gorda,
tomando una manzana del suelo–.
Te daré la más dulce.
¡Esta seguro que era la mamá perfecta!
La gata cogió la manzana,
la peló y se la ofreció.
Mostacholes, contento, se la tragó.
La mamá le dio un plátano maduro.
Mostacholes se lo comió sin rechistar.
Y se guardó la cáscara en el bolsillo.

Pero ahí empezaron los problemas.
La nueva mamá decidió
que era el turno de las verduras.
Preparó un puré de calabaza
y quiso meterle una cucharada
en la boca.

Mostacholes puso cara de ¡puaj!
Entonces, la gata sonrió.
Y para convencerlo le cantó
la canción de las Patatas.

Y de paso, la canción del Calabacín.
Pero cuando empezó a entonar
la del Tomate,
Mostacholes no aguantó más.

–¡¡¡Mami!!! ¡¡¡Ufff!!! –protestó.

Mamiufff no mandoneaba nada,
pero era un poco pesada.

19
cresc.
f
19
cresc.

Para protestar mejor,
Mostacholes frunció el morro,
bien fruncido.
Eso es lo que hacen todos los gatitos
para no comer.

Y después le dio una rabieta tripona.
Que es la peor de las rabietas.

–Una mamá tan pesada no me gusta
–se lamentó Mostacholes–.
¡Me voy!
¡Me voy a buscar otra…
me voy a buscar una…
me voy a buscar a…
MI mamá, que es la mejor!

Se fue calle abajo,
pero esta vez caminó con rumbo.
Fue derechito a casa, sin dar vueltas.

Cuando vio a Mamitequiero,
voló hacia ella.
Y le dio un beso pringoso.
Que es el mejor de los besos.
–¡¡¡Mami!!! ¡¡¡Te quiero!!!
–exclamó Mostacholes–.
Eres la mamá más perfecta
de todas las mamás que he tenido hoy.

–Mi gatito mimoso,
ha parado de llover.
Ahora te puedo llevar
al Parque de los Ratones.
Subirás al Queso del Terror.
Y te divertirás muchos minutos
–le prometió.

Para alegrarse mejor,
Mostacholes corrió hasta sudar,
bien sudado.
Eso es lo que hacen todos los gatitos
cuando quieren ser felices.
Y después dio un suspiro tranquilo.
Que es el mejor de los suspiros.

Todo volvía a la calma.
Se habían terminado las protestas.
Las quejas.
Los rezongos.
Y hasta los morros malhumorados.

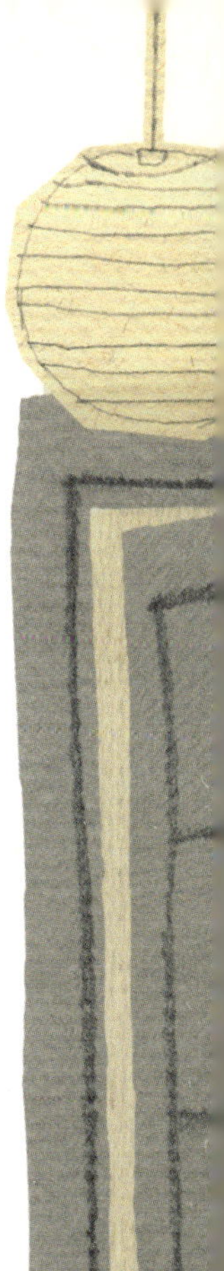

Mostacholes cargó su chicle
en la mochila.
Su mamá se puso una chaqueta.
Pero justo cuando iban a salir,
la hermanita de Mostacholes
se levantó de la siesta.

Y llamó a las cosas por su nombre.
A su peluche lo llamó Peluche.
A su canguro la llamó Canguro.
Y a su mamá la llamó…

–¡¡¡¿Mamiporqueelsiyyono?!!!

TE CUENTO QUE A GABRIELA KESELMAN...

... le encantan los niños, y le encanta contarles cuentos. Al escribir sus libros, trata siempre de recordar su propia infancia: qué le gustaba que le contaran y cómo le gustaba que lo hicieran; cuáles eran sus pensamientos y sus fantasías. Gabriela ha estado siempre muy cerca de los niños, e irradia tanta ternura en su forma de actuar como en su palabra escrita.

Gabriela Keselman nació en Buenos Aires (Argentina), aunque también ha vivido en España muchos años. Ha publicado más de treinta libros, ha recibido varios premios y algunas de sus obras han sido traducidas a otras lenguas como el inglés, el francés ¡y el coreano!

¿QUIERES LEER MÁS?

SI TE GUSTAN LAS HISTORIAS EN LAS QUE LOS NIÑOS CUENTAN ALGUNAS DIFICULTADES QUE TIENEN CON SUS PAPÁS, TE ENCANTARÁ **¡QUÉ DESASTRE DE NIÑO!** Fermín es un poco despistado y lo pierde todo; esto le acarrea algunos disgustos con los mayores... Pero el día en que pierde también su voz... las cosas cambian ¡y mucho más de lo esperado!

¡QUÉ DESASTRE DE NIÑO!
Pilar Mateos
EL BARCO DE VAPOR, SERIE BLANCA, N.º 46

¿HAS VISTO QUÉ MAL GENIO TIENE MOSTACHOLES? ESO NO ES NADA COMPARADO CON EL OGRITO PROTAGONISTA DE **EL OGRO QUE SIEMPRE ESTABA MUY ENFADADO.** ¿Podrá hacer algo para acabar con su terrible humor?

EL OGRO QUE SIEMPRE ESTABA MUY ENFADADO
Luisa Villar Liébana
EL BARCO DE VAPOR, SERIE BLANCA, N.º 83

MOSTACHOLES DESCUBRE QUE TIENE UNA MAMÁ MARAVILLOSA Y NO PODRÁ ENCONTRAR OTRA IGUAL. DE MARAVILLOSOS PAPÁS HABLA **SI TIENES UN PAPÁ MAGO.** Chiqui tiene mucha suerte porque su papá es mago y todas las mañanas le dice unas palabras mágicas que hacen que esté muuuuuuuuy contento todo el día. ¿Cuáles serán esas palabras tan estupendas?

SI TIENES UN PAPÁ MAGO
Gabriela Keselman
EL BARCO DE VAPOR, SERIE BLANCA, N.º 60

SI TE ENCANTAN LAS HISTORIAS DIVERTIDAS COMO LA DE MOSTACHOLES, TE REIRÁS SIN PARAR CON **EL DOMADOR DE MONSTRUOS.** Sergio tiene miedo a los monstruos... Bueno, solo al principio, al final le dan risa... porque los monstruos que aparecen en la pared del cuarto de Sergio son muy graciosos.

EL DOMADOR DE MONSTRUOS
Ana María Machado
EL BARCO DE VAPOR, SERIE BLANCA, N.º 65